AF321444

LES
DEVOIRS DU POÈTE

POÈME

PAR

OCTAVE GIRAUD.

PRIX : **25** CENTIMES.

A BORDEAUX

CHEZ FÉRET ET SAUVAT, LIBRAIRES.

1857

Le petit Poème qu'on va lire avait été soumis au jugement
de l'Académie de Bordeaux, pour le concours de 1857. La Com-
mission de Poésie ne l'a pas trouvé digne d'une récompense, ni
même d'une mention. L'auteur s'incline devant cet arrêt; ce-
pendant, en apprenant que plusieurs académiciens, très-com-
pétents en pareille matière, avaient chaleureusement plaidé sa
cause, il s'est senti pris d'un scrupule. Il s'est décidé alors à
en appeler au jugement du Public, notre maître à tous, poètes
ou académiciens.

LES
DEVOIRS DU POÈTE

POÈME

A CHARLES SÉDAIL

Le Poète est un dieu, disait la Grèce antique :
Ce cri, que répétaient les échos de l'Attique,
Ne vient plus d'île en île éveiller l'Archipel;
Lesbos semble dormir du sommeil éternel.
O Grèce! sol béni! Des beaux-arts, toi la mère,
Quand tu divinisais ton admirable Homère,
Quand tu ceignais son front de lauriers tour à tour,
Était-il un seul dieu, dans l'immortel séjour,
Plus digne d'attirer ton immense louange?...
Pareille apothéose eut-elle rien d'étrange
Aux yeux d'un peuple artiste et dont les nourrissons,
Façonnés dès l'enfance aux mélodieux sons,

Ne respiraient qu'un air imprégné d'harmonie !
Ah ! ton dieu le plus grand devait être un génie
Qui sut faire jaillir de son esprit divin
De cadence et d'idée une source sans fin !
Homère t'assura l'éternelle mémoire,
Et ta gloire naquit au contact de sa gloire.

Cette grande cité des Néron, des Brutus,
En crimes si fertile et non moins en vertus,
Rome, qui, de son sang, féconda tant de rives,
Joignait l'amour des arts à ses mœurs positives ;
Que dis-je ? les grands seuls, esprits ingénieux,
Prêtaient l'oreille aux sons d'un luth harmonieux ;
Près d'Homère, ô Virgile ! ils désignaient ta place ;
Le charme de Properce et la raison d'Horace
Enchantaient leurs loisirs, égayaient leur repos.
Mais ces peuples que Rome élevait en troupeaux,
Ils préféraient le cirque et les luttes de bêtes !
Leur soif de sang cherchait les plus sanglantes fêtes !
Et quand le doux Térence étalait à leurs yeux
Le spectacle des mœurs en vers mélodieux,
Ils désertaient soudain l'enceinte du théâtre
Pour aller voir ailleurs... des animaux combattre !...

Nos mœurs ont aujourd'hui moins de férocité ;
Mais le Poète est-il une divinité
Pour nous, à le honnir qui prenons tant de peine ?
Racine et Despréaux, Molière et Lafontaine,
Voltaire, qui, sur nous, répandit le grand jour,
Ne les avons-nous pas blasphémés tour à tour ?...

Manquons-nous de crétins dont les plumes impures
Noircissent vainement ces splendides figures?...
Le Parnasse français, à son rayonnement,
Devait voir opposer le Parnasse allemand;
Notre Apollon, si riche en profondes finesses,
Charmant, spirituel, qui, toujours pour maîtresses
Sut avec goût choisir la grâce et la clarté,
On le perd dans le vague et dans l'obscurité!

Ah! Français! il nous faut revenir à nos maîtres!
Étudions encor l'art de nos grands ancêtres;
Voulaient-ils, dans leurs vers, se singulariser?
Non! — Ils savaient choisir, plaire et moraliser.
Vous aviez un grand but, œuvres pleines de charmes,
Qui nous faisiez ou rire ou répandre des larmes!
Dans votre noble style, on admirait toujours
De naïves couleurs, de sévères atours;
Et vous laissiez après, dans le fond de notre âme,
Une grande pensée, une divine flamme!...
Voilà, voilà la source où nous devons puiser.
Le Poète au public ne doit point s'imposer;
Le public, pris d'amour, adopte ta mémoire;
C'est lui qui t'encourage et te donne la gloire,
Poète, ses conseils sauront te diriger!...
Courageux comme Hugo, pur comme Béranger,
En toute occasion honore ton génie,
Sois digne de répandre à flots cette harmonie
Qui nous enivre tous comme un parfum de fleur!

Sache unir à la fois le talent et le cœur;
Garde ta liberté, ne vends jamais ton âme;

L'écrivain qu'on achète est doublement infâme :
Il a perdu le droit de se faire admirer ;
Son talent ne sert plus qu'à le déshonorer !
Quoi ! flétrir les vendus.... et soi-même se vendre !
Tu savais attaquer et non pas te défendre,
Transfuge méprisable et soldat sans honneur !...
L'honnête homme résiste à l'or du suborneur ;
La pauvreté grandit son âme noble et fière.
Qu'importe si son front repose sur la pierre,
Pourvu que sa pensée, éclose librement,
Monte, vierge et sans tache au sein du firmament !

Dirige sans faillir cette plume sacrée :
Poète, elle t'honore et doit être honorée !
C'est ton arme de guerre ! et songe qu'ici-bas,
Le champ que tu parcours est un champ de combats.
Ce n'est point du hasard que tu tiens le génie,
Et la noble pensée et la grande harmonie ;
L'Éternel, en plaçant un flambeau dans ta main,
A voulu qu'il servît de phare au genre humain.

Prodigue tes rayons à cette foule immense ;
Parle-lui de la gloire et de l'indépendance ;
Souffle l'enthousiasme, introduis les vertus
Dans tous ces jeunes cœurs un moment abattus.
Réveille l'espérance en ces esprits moroses
Qui, dans l'affaissement, doutent des grandes choses
Et consacrent leurs jours à se désespérer....
Le devoir, c'est d'agir... et non pas de pleurer !...

Seule, la liberté te dévoile un grand prisme.
Fuis les palais brillants du sombre despotisme :
La vérité n'y peut trouver un protecteur ;
Pour plaire, l'écrivain doit être adulateur,
Bannir la fermeté, déployer la souplesse,
De l'éclat des vertus colorer la bassesse ;
Insulter l'opprimé, caresser le tyran :
Est-ce à toi de descendre à cet indigne rang ?...
Est-ce à toi de ramper ?... Au Poète, l'espace !...
Il rêve librement, il pense avec audace !
Fils des dieux, il te faut de vastes horizons !
Les cours seraient pour toi de pompeuses prisons
Où le génie obtient, pour payer son silence,
Cette protection qui n'est que l'insolence
D'un Néron, d'un Tibère ou de leurs vils agents :
Les cruels Tigellins et les lâches Séjans !
Sur le trône, un instant la vertu brille-t-elle !...
Que de Domitiens pour un seul Marc-Aurèle !

Ton génie, au contact de cette impureté,
Oserait-il prétendre à l'immortalité !
L'homme libre grandit et l'esclave décline.
Va parcourir les champs, monte sur la colline,
Livre ton âme entière au souffle inspirateur ;
De la création contemple la grandeur :
Ces plaines sans limite... et ces hautes montagnes ;
Ce grand fleuve ondulant à travers les campagnes ;
L'imposante nature au moment du réveil,
Déroulant ses trésors à l'éclat du soleil,
Au milieu des parfums, au sein des mélodies !...

Peins-nous ce grand spectacle en images hardies ;
Fais passer en nos cœurs ton admiration ;
Et, l'esprit emporté par l'exaltation,
Dévoile à nos regards l'invisible puissance
Qui pour tous a conçu cette magnificence ;
Parle-nous de ce Dieu, créateur des humains,
Auxquels il départit, au sortir de ses mains,
Deux facultés, produits de son essence même :
La volonté puissante et la raison suprême !
Présents essentiels, qui font l'humanité
Digne du grand moteur de cette immensité !
Te plaçant au-dessus de ces sectes rivales
Qui s'imposent à l'homme au milieu des scandales,
Proclame hardiment le principe éternel
De la croyance en Dieu, seul dogme universel,
Seule religion, dans son libre exercice,
Assurant aux mortels le repos, la justice,
La grandeur et l'amour, la force et l'unité,
Et le plus cher des biens : la sainte liberté !

Parler du Créateur, c'est se placer au faîte ;
Cette tâche sublime est digne du Poète.
Pourrait-il entrevoir de plus grandes hauteurs ?
Les peuples et les rois deviennent spectateurs ;
Il exerce sur tous un immense prestige.
Mais plus la gloire accorde et plus la gloire exige :
Pour conserver intact ce prestige divin,
L'homme doit en lui-même égaler l'écrivain.
Sévère dans ses mœurs, ferme dans sa conduite,
Il pourra s'illustrer dans la noble poursuite

Des vices corrupteurs, des crimes monstrueux!...

Énergique parfois et souvent onctueux,
Hardi propagateur d'une morale sainte,
Ranime la chaleur de cette flamme éteinte;
Champion du devoir et son vrai défenseur,
Sois apôtre plutôt que vulgaire censeur!

O Poète! debout! viens prendre la défense
De cette jeune fille, une fleur d'innocence
Que d'insectes légers environne un essaim,
Aspirant les parfums qu'elle cache en son sein;
De cet enfant, pieds nus et marchant dans la boue,
Arbrisseau que déjà la tempête secoue,
Petit oiseau sans plume échappé de son nid,
Et qui mourra de faim si Dieu ne le nourrit;
De cette mère en pleurs, qui, ne pouvant combattre
Le cruel désespoir, se transforme en marâtre,
Abandonne un enfant qu'elle avait mis au jour...
Fruit sacré que, sans doute, avait créé l'amour;
Du pauvre travailleur auquel le sort rigide
Laisse à choisir : le vol ou bien le suicide;
De tous ceux dont les maux ont faussé les penchants,
Qui, pouvant être bons, sont devenus méchants :
Pauvre foule ignorante, et qui, moins délaissée,
Aurait pu se nourrir du pain de la pensée,
Par l'éducation se raffermir le cœur,
Et du vice éviter l'ascendant corrupteur!

Mais ces gens qui n'ont eu que la peine de naître,

Qui, toujours dédaigneux d'un facile bien-être,
Ne savent plus borner leur âpreté de gain ;
Ces gens qui, gorgés d'or, semblent mourir de faim ;
Tous ces propagateurs du matérialisme
Qui bâtissent ensemble un temple à l'égoïsme,
C'est sur eux que tes coups doivent se diriger...
O Poète ! c'est là surtout qu'est le danger.
Le culte du veau d'or entretient l'atonie ;
Écrase ce vil dieu sous ton puissant génie !
Fais-le voir, démasqué, dans toute sa laideur ;
Que l'engoûment public se transforme en horreur
A l'aspect de ce monstre aujourd'hui son idole.
Toi seul peux faire luire une grande auréole !
La matière sur nous semble s'appesantir...
Toi seul peux faire aimer et seul faire sentir,
Seul réchauffer les cœurs, ressusciter les âmes ;
Que ta pensée éclate et produise des flammes !
Que ces flammes, passant à travers les esprits,
Les transportent soudain, les réveillent surpris
Dans l'engourdissement de la froide matière,
Pour les porter au sein d'une immense lumière !
Que, respirant un air pur, libre et nourrissant,
L'homme comprenne enfin ce qui le fait puissant ;
Qu'on aspire partout le sentiment, l'idée,
Que l'esprit soit actif et l'âme fécondée,
Et que, reconquérant sa suprême grandeur,
L'humanité rayonne en toute sa splendeur !

Alors quel cri de joie, et quelle gloire acquise !
Le résultat serait digne de l'entreprise :

L'esprit cherchant l'esprit, le cœur au cœur uni ;
Un peuple libre et fier, un Poète béni ;
Le bon goût renaissant et les mœurs réformées ;
Ton nom ferait pâlir toutes les renommées ;
Tu serais des humains l'idole, le héros :
Digne prix du courage et des nobles travaux !

OCTAVE GIRAUD.

Floirac, près Bordeaux, le 10 avril 1857.

Bordeaux. — Impr. G. GOUNOUILHOU, pl. Puy-Paulin, 1.

Bordeaux. — G. GOUNOUILHOU, impr. de l'Académie